HOTEL DROUOT, SALLE N° 8

DESSINS

AQUARELLES, PASTELS

PAR

HERMANN-PAUL

COMMISSAIRE-PRISEUR :
Mᵉ PAUL CHEVALLIER

EXPERT :
M. AMBROISE VOLLARD

IMPRIMERIE FRAZIER-SOYE

153-157, RUE MONTMARTRE

PARIS

CATALOGUE

DE

DESSINS

AQUARELLES, PASTELS

PAR

HERMANN-PAUL

Dont la vente aura lieu

à Paris, HOTEL DROUOT, Salle N° 8

Le Mardi 11 Avril 1905 à 2 heures précises

COMMISSAIRE-PRISEUR :
M° PAUL CHEVALLIER
10, rue Grange-Batelière

EXPERT :
M. AMBROISE VOLLARD
6, rue Laffitte

EXPOSITION PUBLIQUE

Le Lundi 10 Avril 1905, de 1 h. 1/2 à 5 h. 1/2

CONDITIONS DE LA VENTE :

Elle sera faite au comptant.

Les acquéreurs paieront *dix pour cent* en sus des prix d'adjudication.

DÉSIGNATION

——

1. — **Idylle.**
Aquarelle.

2. — **L'Idylle interrompue.**
Aquarelle.

3. — **Vendredi Saint.**
Aquarelle rehaussée.

4. — **Un Homme aimable.**
Aquarelle.

5. — **L'Addition.**
Aquarelle.

6. — **La Pince à sucre.**
Dessin rehaussé.

7. — **Les Parisiens ont vraiment de bonnes têtes.**
Dessin rehaussé.

8. — **Couverture du n° du *Rire* " Le Président en Russie ".**
Aquarelle.

9. — **La Revue de Krasnoïe (Le Président en Russie).**
Aquarelle.

10. — **Y a pas à dire, nous dominons.**
Dessin rehaussé.

11. — **Une brouille.**
Pastel.

12. — **Marchande, je te dis.**
Dessin rehaussé.

13. — **Intermède patriotique.**
Aquarelle.

14. — **Félix Faure.**
Dessin rehaussé.

15. — **Les Conscrits.**
Dessin rehaussé.

16. — **Le bon Diplomate.**
Dessin rehaussé.

17. — **C'est tous les ans un peu moins cher.**
Dessin rehaussé.

18. — **Bain de son.**
Dessin rehaussé.

19. — **Le singe s'est fendu de 500 fr. pour le bazar.**
Dessin rehaussé.

20. — **A la Bourse.**
Dessin rehaussé.

21. — **La France, le Cosaque et l'Étudiant.**
Dessin rehaussé.

22. — **Non ! mon garçon, j'en ai vendu.**
Dessin rehaussé.

23. — **Monsieur Honoré, photographiez-nous.**
Dessin rehaussé.

24. — Le 18, mon mari me paye le tzar.
    Dessin rehaussé.

25. — Tu verras, mon vieux !
    Dessin rehaussé.

26. — Pourvu que je ne devienne pas " mère "
    aussi.
    Dessin rehaussé.

27. — Le vieux Communard.
    Dessin rehaussé.

28. — Le Secret diplomatique.
    Dessin rehaussé.

29. — Dites donc, ma petite, faudrait avoir
    l'air de vous amuser.
    Dessin rehaussé.

30. — A partir de 60 ans, nous serons entre-
    tenues par le Gouvernement !
    Dessin rehaussé.

31. — Il paraît qu'au Transvaal les Anglais
    font des choses abominables.
    Dessin rehaussé.

32. — Bonjour, mon colonel !
    Dessin rehaussé.

33. — Casque d'or.
    Dessin rehaussé.

34. — L'Amélioration de la race chevaline.
    Dessin rehaussé.

35. — Pourquoi pleure-t-il ?
        — Parce qu'il n'est pas décoré.
    Dessin rehaussé.

36. — Mais, Monsieur le Comte, puisque je
vous dis qu'ici c'est la cuisinière qui
marche !
Dessin rehaussé.

37. — C'est bien ici que viennent ces Messieurs
du Ministère ?
Dessin rehaussé.

38. — Sous la lampe.
Dessin rehaussé.

39. — Encore un écraseur.
Dessin rehaussé.

40. — Si c'était la vraie guerre, vous me
violeriez, dites ?
Dessin rehaussé.

41. — Le départ pour la Chine.
Dessin rehaussé.

42. — L'Union franco-italienne.
Dessin rehaussé.

43. — Et moi, est-ce qu'on m'augmente ?
Dessin rehaussé.

44. — Comptes de ménage.
Dessin rehaussé.

45. — Ne plaisantons pas avec les choses
sérieuses.
Dessin rehaussé.

46. — Celui de gauche, c'est celui qui a déjà
fait une gaffe.
Dessin rehaussé.

47. — Souvenir de l'Exposition.
Dessin rehaussé.

48. — **Après le bal.**
    Dessin rehaussé.

49. — **Je voudrais que la grève dure toute
    l'année.**
    Dessin rehaussé.

50. — **L'Été de la Saint Martin.**
    Dessin rehaussé.

51. — **Décoré.**
    Dessin rehaussé.

52. — **Le retour de l'arbitre.**
    Dessin rehaussé.

53. — **Combien de personnes pourriez-vous
    écraser par jour ?**
    Dessin rehaussé.

54. — **L'Abonné.**
    Dessin rehaussé.

55. — **Etude pour une des lithographies de
    " La Guerre ".**
    Dessin rehaussé.

56. — **Oh ! ma chère, c'qu'on est bien assise.**
    Dessin rehaussé.

57. — **Déshonneur.**
    Dessin rehaussé.

58. — **Étude de femme à sa toilette.**
    Aquarelle rehaussée.

59. — **Étude de femme à sa toilette.**
    Aquarelle rehaussée.

60. — **Bertrand et Raton.**
    Dessin rehaussé.

73. — Maintenant il s'agit de gagner son
        argent.
        Dessin rehaussé.

74. — Le 22 janvier à Saint-Pétersbourg.
        Dessin rehaussé.

75. — Le sergent instructeur.
        Dessin rehaussé.

76. — Vous m'avez si gentiment accordé sa
        croix de chevalier.... il y a dix ans !
        Dessin rehaussé.

77. — Toi, Alfred, t'occuper de repopulation !
        Dessin rehaussé.

78. — Comme cela ferait plaisir à mon âge.
        Dessin rehaussé.

79. — Les honoraires des avocats.
        Dessin rehaussé.

80. — Chez le boucher.
        Dessin rehaussé.

IMPRIMERIE FRAZIER-SOYE

153-157, RUE MONTMARTRE

PARIS

www.ingramcontent.com/pod-product-compliance
Lightning Source LLC
LaVergne TN
LVHW012202170726
843503LV00009B/4332